Rogério Coelho

O barco dos sonhos

EDITORA POSITIVO

Para Orivaldo, meu pai, por sempre me lembrar que fui criança,
e também para Marcelo e Daniel, por não deixarem de esperar e acreditar.

OCEANO

3

7

Show

ZZZ
ZZZ

Terra
Aqui
SHOW
SHOW
22

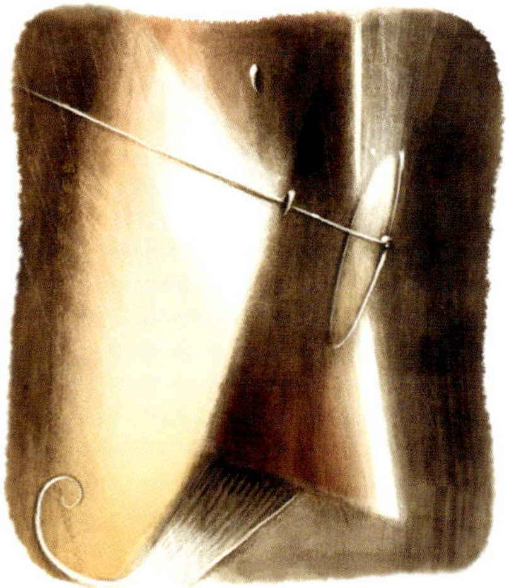

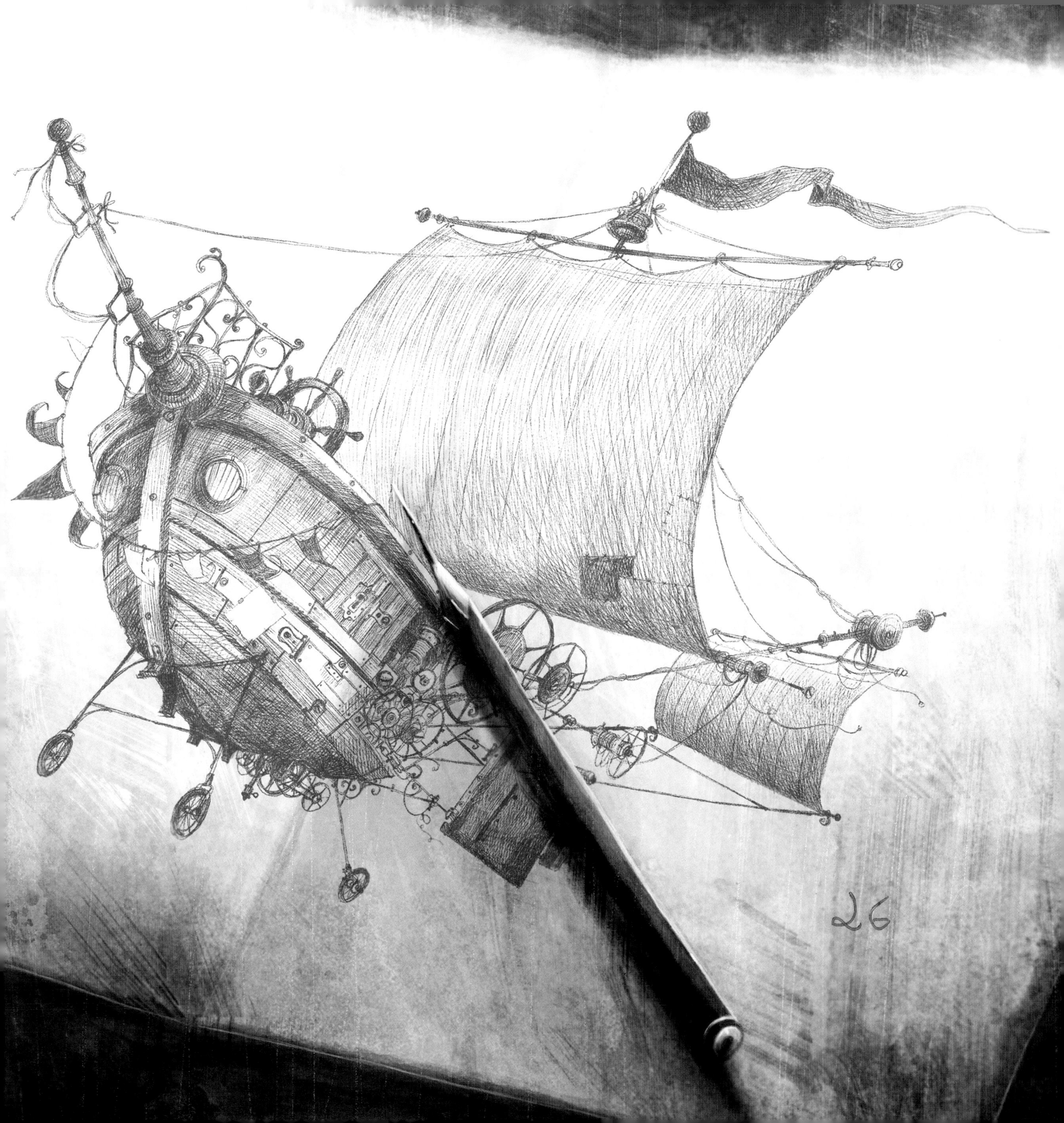

Terra

Dados Internacionais para Catalogação na Publicação (CIP)
(Maria Teresa A. Gonzati / CRB 9-1584 / Curitiba, PR, Brasil)

C672 Coelho, Rogério.
O barco dos sonhos / Rogério Coelho. — Curitiba: Positivo, 2015.
84 p.: il. (Coleção História à vista!)

ISBN 978-85-385-8406-3

1. Literatura infantojuvenil. I. Título.

CDU 087.5

Gerente Editorial: Júlio Röcker Neto
Gerente de Arte e Iconografia: Cláudio Espósito Godoy
Edição: Marcelo Del'Anhol e Fernanda Pehls Mendes
Supervisão de Arte: Karina Hollanda
Análise de Arte: Juliana Ferreira Rodrigues
Edição de Arte: Daniel Cabral
Coordenação de Revisão: Sandra Regina de Souza
Revisão: Alessandra Cavalli Esteche
Capa e projeto gráfico: Daniel Cabral
Engenharia de Produto: Solange Szabelski Druszcz

Rua Major Heitor Guimarães, 174
80440-120 — Curitiba — PR
Site: www.editorapositivo.com.br
Fale com a gente: 0800 723 68 68

Impressão e acabamento:
Gráfica e Editora Posigraf Ltda.

2ª impressão

Impresso no Brasil
1 2 3 4 5 6 7 8 10 11 12

2016

EDITORA POSITIVO